Dzieci nie mogły spać, leżały niespokojne i słabe z głodu.
Wszystko słyszały, a Małgosia gorzko płakała.
„Nie martw się" - powiedział Jaś - „Wydaje mi się że wiem, jak możemy się uratować ".
Wyszedł na paluszkach do ogrodu. W świetle księżyca jasno-białe kamyczki
lśniły na ścieżce jak srebrne monety. Jaś napełnił kieszenie tymi kamyczkami
i wrócił do siostry, aby ją pocieszyć.

The two children lay awake, restless and weak with hunger.
They had heard every word, and Gretel wept bitter tears.
"Don't worry," said Hansel, "I think I know how we can save ourselves."
He tiptoed out into the garden. Under the light of the moon, bright white pebbles shone like
silver coins on the pathway. Hansel filled his pockets with pebbles and returned to comfort
his sister.

Bardzo wcześnie, następnego ranka, jeszcze przed wschodem słońca, matka obudziła Jasia i Małgosię. „Wstawajcie, idziemy do lasu. Tu jest kawałek chleba dla każdego z was, ale nie zjedzcie go od razu".
Wszyscy poszli razem. Jaś zatrzymywał się od czasu do czasu i spoglądał na swój dom.
„Co ty robisz?" - krzyknął ojciec.
„Ja tylko macham do mojego małego kota, który siedzi na dachu".
„Bzdura!" - odpowiedziała matka. „Powiedz prawdę. To jest tylko poranne słońce, które oświetla komin".
W tajemnicy Jaś rzucał białe kamyczki wzdłuż ścieżki.

Early next morning, even before sunrise, the mother shook Hansel and Gretel awake.
"Get up, we are going into the wood. Here's a piece of bread for each of you, but don't eat it all at once."
They all set off together. Hansel stopped every now and then and looked back towards his home.
"What are you doing?" shouted his father.
"Only waving goodbye to my little white cat who sits on the roof."
"Rubbish!" replied his mother. "Speak the truth. That is the morning sun shining on the chimney pot."
Secretly Hansel was dropping white pebbles along the pathway.

Doszli w głąb lasu, gdzie rodzice pomogli dzieciom rozpalić ognisko.
„Śpijcie tutaj przy ogniu płonącym żywym płomieniem" -
powiedziała matka - „I zaczekajcie, aż po was wrócimy".
Jaś i Małgosia uśiedli przy ognisku i jedli swoje kawałeczki chleba.
Wkrótce potem usnęli.

They reached the deep depths of the wood where the parents helped
the children to build a fire.
"Sleep here as the flames burn bright," said their mother. "And make
sure you wait until we come to fetch you."
Hansel and Gretel sat by the fire and ate their little pieces of bread.
Soon they fell asleep.

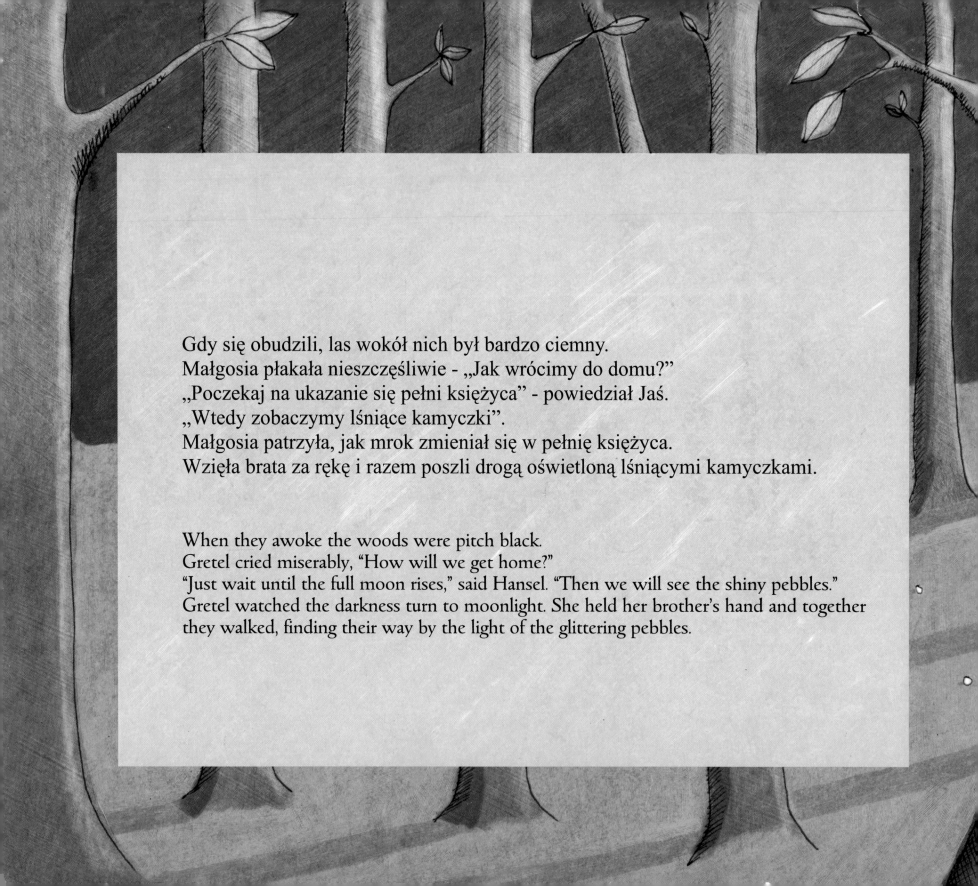

Gdy się obudzili, las wokół nich był bardzo ciemny.
Małgosia płakała nieszczęśliwie - „Jak wrócimy do domu?"
„Poczekaj na ukazanie się pełni księżyca" - powiedział Jaś.
„Wtedy zobaczymy lśniące kamyczki".
Małgosia patrzyła, jak mrok zmieniał się w pełnię księżyca.
Wzięła brata za rękę i razem poszli drogą oświetloną lśniącymi kamyczkami.

When they awoke the woods were pitch black.
Gretel cried miserably, "How will we get home?"
"Just wait until the full moon rises," said Hansel. "Then we will see the shiny pebbles."
Gretel watched the darkness turn to moonlight. She held her brother's hand and together
they walked, finding their way by the light of the glittering pebbles.

Wczesnym rankiem dotarli do domku drwala. Otwierając drzwi,
matka krzyknęła - „Dlaczego tak długo spaliście w lesie?
Myślałam, że nigdy nie wrócicie do domu".
Ona była wściekła, ale ich ojciec był szczęśliwy.
Nienawidził się za to, że zostawił ich samych.

Czas upływał. Ciągle brakowało jedzenia do karmienia rodziny.
Pewnej nocy Jaś i Małgosia posłuchali matkę mówiącą - „Dzieci muszą odejść.
Zaprowadzimy je głęboko w las. Tym razem nie znajdą drogi z powrotem".
Jaś wysunął się z łóżka, aby pozbierać jeszcze raz kamyczki
 ale tym razem drzwi były zamknięte.
„Nie płacz" - powiedział do Małgosi. „Wymyślę coś. A teraz śpij".

Towards morning they reached the woodcutter's cottage.
As she opened the door their mother yelled, "Why have you slept so long in the woods?
I thought you were never coming home."
She was furious, but their father was happy. He had hated leaving them all alone.

Time passed. Still there was not enough food to feed the family.
One night Hansel and Gretel overheard their mother saying, "The children must go.
We will take them further into the woods. This time they will not find their way out."
Hansel crept from his bed to collect pebbles again but this time the door was locked.
"Don't cry," he told Gretel. "I will think of something. Go to sleep now."

Następnego dnia, z mniejszymi kawałkami chleba na ich wyprawę, dzieci były wiedzione
głęboko w las tam, gdzie jeszcze nigdy nie były. Od czasu do czasu Jaś zatrzymywał się
i rzucał okruszynki chleba na ziemię.
Rodzice rozpalili ognisko i kazali im pospać sobie trochę. „Idziemy narąbać drzewa,
i przyjdziemy po was, gdy skończymy tę pracę" - powiedziała ich matka.
Małgosia podzieliła się swoim chlebem z Jasiem i oboje czekali i czekali.
Niestety nikt nigdy nie przyszedł.
„Gdy księżyc ujawi się zobaczymy okruszynki chleba i odnajdziemy drogę powrotną
do domu" - powiedział Jaś.
Księżyc się pojawił, a okruszynek nie było. Ptaki i zwierzęta leśne zjadły każdą okruszynkę.

The next day, with even smaller pieces of bread for their journey, the children were led to
a place deep in the woods where they had never been before. Every now and then Hansel
stopped and threw crumbs onto the ground.
Their parents lit a fire and told them to sleep. "We are going to cut wood, and will fetch
you when the work is done," said their mother.
Gretel shared her bread with Hansel and they both waited and waited. But no one came.
"When the moon rises we'll see the crumbs of bread and find our way home," said Hansel.
The moon rose but the crumbs were gone.
The birds and animals of the
wood had eaten every one.

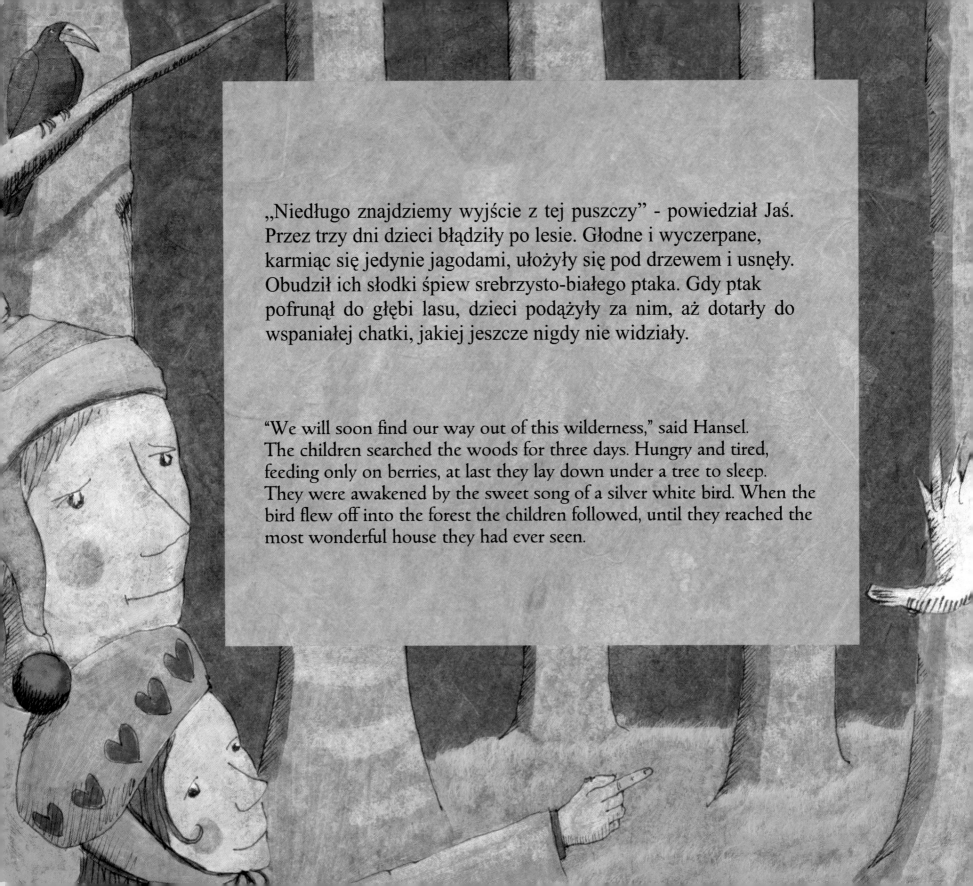

„Niedługo znajdziemy wyjście z tej puszczy” - powiedział Jaś.
Przez trzy dni dzieci błądziły po lesie. Głodne i wyczerpane,
karmiąc się jedynie jagodami, ułożyły się pod drzewem i usnęły.
Obudził ich słodki śpiew srebrzysto-białego ptaka. Gdy ptak
pofrunął do głębi lasu, dzieci podążyły za nim, aż dotarły do
wspaniałej chatki, jakiej jeszcze nigdy nie widziały.

"We will soon find our way out of this wilderness," said Hansel.
The children searched the woods for three days. Hungry and tired,
feeding only on berries, at last they lay down under a tree to sleep.
They were awakened by the sweet song of a silver white bird. When the
bird flew off into the forest the children followed, until they reached the
most wonderful house they had ever seen.

The walls were tiled with strawberry tarts,
the roof was made of chocolate hearts.
Around the windows were caramel frames
and the pathway was lined with candy canes.
"Now we can eat!" said Hansel and he bit off
a piece of the roof.
Suddenly, they heard a voice. "Jimney, Jimney,
who's that nibbling at my chimney?"
"It's the wind, it blows right in," they
answered, and went on eating.
All at once the door opened and a strange,
shrivelled woman appeared. Beyond her tiny
spectacles she had blood red eyes.
Hansel and Gretel were so frightened they
dropped their sweets.
"What brought you here, my dears?" she said.
"If it is hunger, then come and see what I
have for you."
She took them by the hand and led them
into her little house.

Ściany były pokryte truskawkowymi ciasteczkami
a dach czekoladowymi serduszkami.
Okna miały oprawy karmelkowe,
a ścieżka wyłożona była cukierkami.
„Teraz możemy pojeść!" - powiedział Jaś
i ugryzł kawałeczek dachu.
Nagle, usłyszeli pewien głos: „Hominek, Hominek,
kto tam obgryza mój kominek?"
„To wiatr, on dmucha prosto do środka" -
odpowiedziały dzieci i nie przerywając nadal jadły.
Nagle drzwi się otworzyły i ukazała się stara
i pomarszczona staruszka. Zza malutkimi okularami
staruszki ukazały się czerwono-krwiste oczy.
Jaś i Małgosia tak się przestraszyli, się,
że upuścili swoje słodycze.
„Co was tu przywiodło, moi kochani?" - zapytała.
„Jeśli to głód, więc wejdźcie i zobaczcie,
co mam dla was".
Życzliwie wzięła ich za ręce i zaprosiła
do swojej chatki.

Jaś z Małgosią dostali dużo dobrych rzeczy do jedzenia! Jabłka i orzechy,
mleko i naleśniki z miodem.
Następnie dzieci ułożyły się w dwóch łóżeczkach, zasłanych białą pościelą,
i usnęły jak aniołki.
Przypatrując im się blisko, staruszka powiedziała - „Jesteście tacy wychudzeni.
Śpijcie teraz słodko, bo jutro zaczną się wasze koszmary!"
Ta dziwna staruszka z jadalnym domkiem i słabym wzrokiem udawała tylko
swoją serdeczność. W rzeczywistości była okropną Babą-Jagą!

Hansel and Gretel were given all good things to eat! Apples and nuts, milk, and pancakes covered
in honey.
Afterwards they lay down in two little beds covered with white linen and slept as though they
were in heaven.
Peering closely at them, the woman said, "You're both so thin. Dream sweet dreams for now,
for tomorrow your nightmares will begin!"
The strange woman with an edible house and poor eyesight had only pretended to be friendly.
Really, she was a wicked witch!

Nad ranem okropna Baba-Jaga porwała Jasia i wepchnęła go do klatki. Osaczony i przerażony wołał na pomoc. Małgosia przyleciała biegiem. „Co ty robisz mojemu bratu?" - krzyknęła.
Wiedźma zaśmiała się szyderczo wywracając swoimi czerwono-krwistymi oczami. „Przygotowuję go do spożycia" - odpowiedziała - „I ty mi w tym pomożesz, drogie dziecko".
Małgosia była przerażona.
Baba-Jaga wysłała ją do pracy w kuchni, gdzie gotowała wielkie posiłki dla swojego brata.
Ale jej brat nie przybierał na wadze.

In the morning the evil witch seized Hansel and shoved him into a cage. Trapped and terrified he screamed for help.
Gretel came running. "What are you doing to my brother?" she cried.
The witch laughed and rolled her blood red eyes.
"I'm getting him ready to eat," she replied. "And you're going to help me, young child."
Gretel was horrified.
She was sent to work in the witch's kitchen where she prepared great helpings of food for her brother.
But her brother refused to get fat.

Wiedźma sprawdzała codziennie Jasia. „Wystaw swój palec" - warknęła - „abym mogła sprawdzić, czy jesteś utuczony!"
Jaś wystawiał kostkę mostkową, którą trzymał w kieszeni.
Wiedźma, która miała bardzo słaby wzrok, nie mogła zrozumieć, dlaczego Jaś był nadal chudy jak kość.
Po trzech tygodniach, Baba-Jaga straciła cierpliwość.
„Małgosiu, przynieś drzewo i pośpiesz się, włożymy tego chłopca do gotującego się garnka" - powiedziała wiedźma.

The witch visited Hansel every day. "Stick out your finger," she snapped. "So I can feel how plump you are!"
Hansel poked out a lucky wishbone he'd kept in his pocket.
The witch, who as you know had very poor eyesight, just couldn't understand why the boy stayed boney thin.
After three weeks she lost her patience.
"Gretel, fetch the wood and hurry up, we're going to get that boy in the cooking pot," said the witch.

Małgosia wolno paliła drzewo w piecu.
Wiedźma nagle zniecierpliwiła się - „Ten piec powinien już być gotowy.
Wejdź do środka i sprawdź, czy jest już nagrzany!" - krzyknęła.
Małgosia wiedziała dokładnie, co Baba-Jaga miała na myśli.
„Nie wiem jak" - odpowiedziała.
„Głupia, ty głupia dziewczyno!" - wrzasnęła wiedźma.
„Drzwi są szeroko otwarte, nawet ja mogę wejść do środka!"
I żeby dać przykład włożyła swoją głowę do środka.
Małgosia szybko wepchnęła Babę-Jagę do rozgrzanego pieca.
Zamknęła i zaryglowała żelazne drzwi i poleciała do Jasia wołając -
„Baba-Jaga nie żyje! Baba-Jaga nie żyje! Koniec z okropną Babą-Jagą!"

Gretel slowly stoked the fire for the wood-burning oven.
The witch became impatient. "That oven should be ready by now. Get inside and see if it's hot enough!"
she screamed.
Gretel knew exactly what the witch had in mind. "I don't know how," she said.
"Idiot, you idiot girl!" the witch ranted. "The door is wide enough, even I can get inside!"
And to prove it she stuck her head right in.
Quick as lightning, Gretel pushed the rest of the witch into the burning oven. She shut and bolted the iron
door and ran to Hansel shouting: "The witch is dead! The witch is dead! That's the end of the wicked witch!"

Jaś wyskoczył z klatki jak ptak gotowy do lotu.

Hansel sprang from the cage like a bird in flight.

Jaś i Małgosia uściskali się ze szczęścia. Tańczyli, śpiewali i biegali w koło z radości. W każdym kącie tej chaty znaleźli skrzynki pełne pereł, szmaragdów, rubinów i różnego rodzaju klejnotów.
Jaś i Małgosia wypełnili nimi swoje kieszenie.
„Mamy wspaniałe skarby ale jak możemy uciec z tej puszczy?"
- westchnęła Małgosia.
„Nie martw się, razem znajdziemy drogę do domu" - powiedział Jaś.

Hansel and Gretel hugged each other. They danced and sang and ran around with joy. In every corner they found treasure chests filled with pearls, emeralds, rubies and all kinds of worldly precious things. Hansel and Gretel filled their pockets to overflowing.
"We have wondrous treasures, but how do we escape from the wild wood?" sighed Gretel.
"Don't worry, together we will find our way home," said Hansel.

Po trzech godzinach dotarli do małej rzeczki.

„Nie możemy przejść" - powiedział Jaś. „Nie ma statku, nie ma mostu, tylko przejrzysta błęknitna woda".

„Patrz! Nad falowaną powierzchnią wody, płynie piękna biała kaczka" - powiedziała Małgosia.

„Może ona nam pomoże".

Oboje zaśpiewali: „Mała kaczuszko, która ma białe lśniące skrzydełka proszę cię posłuchaj,

Woda jest głęboka, woda jest szeroka, czy mogłabyś nas przewieźć na drugi brzeg?"

Kaczka przypłynęła do nich i bezpiecznie przewiozła najpierw Jasia a potem Małgosię na drugą stronę.

After three hours they came upon a stretch of water.

"We cannot cross," said Hansel. "There's no boat, no bridge, just clear blue water."

"Look! Over the ripples, a pure white duck is sailing," said Gretel. "Maybe she can help us."

Together they sang: "Little duck whose white wings glisten, please listen.

The water is deep, the water is wide, could you carry us across to the other side?"

The duck swam towards them and carried first Hansel and then Gretel safely across the water.

On the other side they met a familiar world.

Krok za krokiem, odnaleźli drogę do domu drwala.
„Jesteśmy w domu!" - zawołały dzieci. Ich ojciec miał uśmiech od ucha do ucha. „Nic mnie
nie cieszyło, odkąd was zabrakło" - odrzekł.
„Szukałem was wszędzie..."

Step by step, they found their way back to the woodcutter's cottage.
"We're home!" the children shouted.
Their father beamed from ear to ear. "I haven't spent one happy moment since you've been gone," he said.
"I searched, everywhere..."

„A Mama?"
„Odeszła! Gdy nie zostało już nic do jedzenia, opuściła dom mówiąc,
że już jej nigdy nie zobaczę. Teraz jest nas tylko troje".
„Oraz nasze klejnoty" - powiedział Jaś, wkładając rękę do kieszeni i pokazując
śnieżno-białą perłę.
„Wspaniale" - powiedział ojciec - „wygląda na to, że nasze trudności się skończyły".

"And Mother?"
"She's gone! When there was nothing left to eat she stormed out saying I would never see
her again. Now there are just the three of us."
"And our precious gems," said Hansel as he slipped a hand into his pocket and produced a
snow white pearl.
"Well," said their father, "it seems all our problems are at an end!"